KB202479

오, 페트리!

오, 페트리!

O, Petry!

글 · 그림 이서희

좋은땅

L.S.H

1 23 2019

상상을 현실로 만들어준

나의 트리오에게

P, I and Y

Contents

Contents

*

프롤로그

안녕? 내 이름은 오, 페트리야.

잠깐, 여기서 '오'는 감탄사가 아니란다!

사람들은 나보고 엉뚱하다고 해.

난 항상 생각이 많아.

생각들이 마치 뜨거운 냄비 속에 부글부글 끓고 있는 죽처럼,

페트리 머릿속에 철철

흘러넘치고 있어.

어느 날
페트리의 이런저런 생각을
하나, 둘 정리해 보고 싶었어.

페트리 머리에만 담아 두기엔
도저히 감당이 안 되었거든.

페트리만의 생각을

세상 밖으로 꺼내 보고 싶기도 했어.

그렇게 된다면,

세상 어딘가에 나를 이해해 주는 존재가 있지 않을까?

지금 이 책을 펼친 도리*들에게

페트리만의 이야기를 들려줄 수 있게 되어 너무 기뻐!

* 여기서 '도리'는 페트리와 마주한 모든 이를 지칭하는 단어야.

자, 그러면 이제부터

페트리의 엉뚱한 세계 속으로

여행을 떠나 볼래?

*

코끼리

페트리는 샤워하는 걸 좋아해.

특히 작은 욕조용 의자에 앉아 샤워하는 걸 좋아한단다.

샤워를 하고 있으면

이런저런 생각들이 떠오르기도 하고,

흐르는 물에 씻겨 내려가기도 해.

샤워하는 시간은

온전히 페트리만을 위한 시간이야.

어느 날

페트리가 평소와 다름없이

앉아서 샤워를 하고 있을 때였어.

앉아서 샤워를 하고 있으면

바닥 곳곳에 생긴 크고 작은 물방울들이 잘 보여.

그런데 말이야,

바닥에 고여 있는 수많은 물방울 중에 하나가 페트리의 눈을

사로잡았어.

왜냐하면 페트리는

이 물방울이 특별한 무언가와 닮았다고 생각했거든.

바로 코끼리를 닮았다고 생각했어!

긴 코와 말뚱말뚱한 눈을 가진 코끼리가
어디론가 걸어가는 모습이였어.

'코끼리는 어디로 가려는 걸까?'

한동안 코끼리를 바라보았어.

그런데 이제는

코끼리가 또 다른 특별한 무언가와 닮아 보였어.

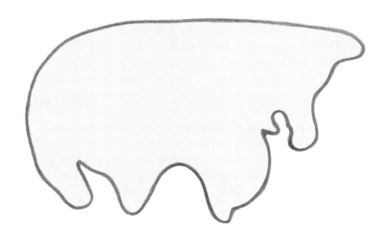

바로 아시아 대륙이야!

코끼리의 코는 한국,

코끼리의 큰 몸통은 러시아,

코끼리의 앞다리는 인도차이나 반도,

코끼리의 뒷다리는 인도,

코끼리의 꼬리는 아라비아 반도와 닮아 있었어.

코끼리가 되고, 지도가 되는 신기한 물방울에

페트리는 한동안 사로잡혀 있었어.

이 특별한 물방울은 샤워기에서 흘러나오는 물줄기를 피해

페트리 욕조용 의자 왼쪽에 비스듬히 누워 있었지.

아주 평범한 날 페트리는 샤워하면서

물방울이 코끼리가 되고, 코끼리가 지도가 되는

특별한 경험을 했어!

*

지도

혹시 도리들은 지도를 다른 방향으로 본 적 있니?

왼쪽으로,

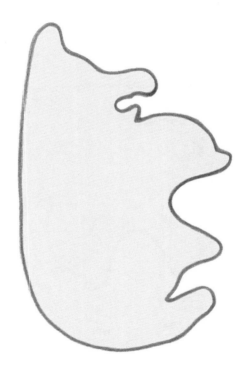

오른쪽으로,

거꾸로,

혹은 비스듬히 말이야.

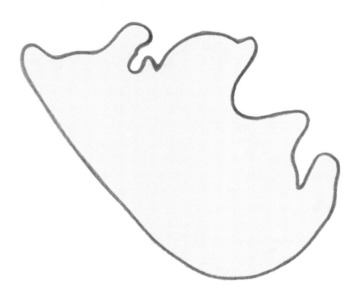

어느 쪽으로 보아도 똑같은 지도야.

무엇이든 익숙한 방향으로만 바라보면
조금만 각도를 다르게 보아도
같은 것인지 눈치를 못 챌 때가 있어.
페트리에겐 특히 지도가 그래.

'왜 지도는 항상 같은 방향으로만 봐야 할까?'

그 순간 페트리는 지도를 보며

고개를 왼쪽으로, 오른쪽으로 기울여 보았어.

다리 사이로 얼굴을 내밀고 지도를 거꾸로 쳐다보기도 했어.

그러자 페트리가 알고 있던 지도가

정말 색다르게 보이는 거야!

보는 방향만 다를 뿐, 같은 지도를 보고 있었는데 말이야.

그래서 페트리는 이렇게 생각했어.

'무언가를 다르게 보았다고 해서 틀린 게 아니라,

그저 생각이 다른 것뿐이구나!'

*

구슬 속 세상

Into The Unknown

이 그림이 무엇으로 보이니?

이 그림은 바로 '스노우 글로브'야.
또 다른 세상이 들어가 있는 투명한 구슬이지.

페트리는 스노우 글로브를 모으는 취미가 있어.
특히 여행을 다녀올 때마다 그렇단다.

페트리는 여행을 좋아해.

생각이 많은 페트리에게
여행은 엄청난 상상의 재료를 제공해 줘.

여행을 통해
페트리가 몰랐던 낯설고 새로운 세상을 경험하면서
엉뚱한 생각들이 마구마구 떠오르거든.

그래서 페트리에게 여행은 무척 설레고 흥미로운 일이야.

언제부턴가 페트리는 여행을 다니면서

그 마을의 풍경이 담긴 스노우 글로브를 모으기 시작했어.

투명한 구슬 속 세상을 바라보고 있으면

여행의 추억이 새록새록 떠오르거든.

작은 구슬을 통해

다시 한번 낯선 세상을 다녀올 수 있는 거지.

이 구슬은 지난겨울 오스트리아 여행을 다녀오면서

새로 수집한 스노우 글로브야.

웅장한 산속에 둘러싸인

조용하고 자그마한 마을 할슈타트와

아름다운 노랫소리, 종소리가 곳곳에 울려 퍼지던

잘츠부르크 마을이 들어가 있어.

생각이 복잡하거나

아예 아무 생각도 나지 않을 때,

이 구슬을 보며 지난 겨울여행을 떠올려 보곤 해.

잠시나마 수천 킬로미터 떨어진 오스트리아에

갔다 온 기분이 들어.

마치 순간이동처럼,

상상 속에선 수천 킬로미터 떨어진 곳도 바로 갈 수 있어.

심지어 세상에 존재하는지도 모르는

미지의 세계도 갈 수 있지.

생각의 속도는 빛보다 빠르고,

생각의 범위는 우주보다 광활해.

생각만으로 또 다른 세상을 여행할 수 있다는 건

정말 멋진 일인 것 같아!

도리들의 또 다른 세상은 어떤 곳이니?

눈으로,

손으로,

마음속으로 그려 봐!

*

구름

어느 가을날이었어.

오랜만에 페트리는 집에서 멀리 떨어진 곳으로

나들이를 갔었지.

가을이 되면 하늘은 새파랗고 높아서

우주까지 보일 것만 같아.

쌩쌩 달리는 차 안에서

페트리는 멍하니 하늘을 바라보았어.

파아란 가을 하늘에 뭉게구름들이 둥둥 떠다니고 있었지.

그런데 말이야,

그날따라 페트리는 우주까지 보일 것 같은

파랗고 맑은 가을 하늘이 보고 싶었거든.

그래서 이렇게 소리쳤어.

"큰 잠자리채를 가져와 뭉게구름들을 다 걷어 내고 싶다!"

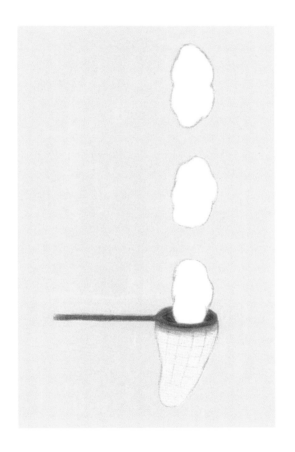

*

솔직함 vs. 두려움

도리들은

이 그림이 무엇으로 보이니?

페트리는 나무를 생각하고 그렸어.

추위에 나뭇잎이 다 떨어지고
나뭇가지만 남은 겨울나무야.

페트리는 겨울나무가 참 좋아.

추운 겨울이 되면
사람들은 온몸을 꽁꽁 감싸지만,
나무들은 그렇지 않아.

나무들은 추울수록
나뭇잎을 벗고 있는 그대로의 모습을 보여 줘.

페트리 눈에는
이런 겨울나무가 강하고 솔직해 보여.

페트리는 시간이 갈수록 사람들 앞에서
페트리의 있는 그대로의 모습을 보여 주는 게 어려워.

진짜 내 모습을 남들에게 보여 준다면
마치 발가벗은 채로 거리를 돌아다니는 느낌일 것만 같아.

무섭고, 두렵고, 불안한 거야.

그런데 말이야,

나와는 다르게 시린 겨울날 온몸을 드러내며

거리에 서 있는 나무들을 보고 있으면

당당하고 힘이 넘쳐 보여.

그래서 그런지,

페트리와는 사뭇 다른 겨울나무를 보고 있으면 부럽기도 해.

페트리는 직접 그린 겨울나무에게

이름을 지어 주기로 했어.

'넌 이제 솔직한 겨울나무야!'

〈솔직한 겨울나무〉

*

우주

페트리는 우주를 정말 좋아해.

언젠가 우주로 여행을 떠나고 싶어!

우주를 생각할 때면

항상 밤하늘의 별들을 바라보곤 했어.

'저 작고 밝은 별들이

우리 집에서 얼마나 멀리 떨어져 있을까?'

하고 상상하곤 했지.

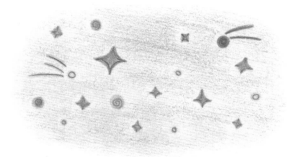

그런데 말이야,

어느 날 문득 페트리는

우주가 우리로부터 멀리 떨어져 있지 않다는 생각이 들었어.

우주에서 볼 때 우리는 먼지 같은 존재라고 하잖아.

광활한 우주에 비해 우리는 너무도 작은 존재라서 말이지.

그렇다면, 우리 몸속에 있는

눈으로도 볼 수 없을 만큼 아주 작은 세포들에게는

우리 몸이 광활한 우주 같아 보이지 않을까?

이 세포들은 우리 몸에 비해 너무도 작은 존재잖아.

그러니까

우리 몸속에 살고 있는 세포들에게는

우리 자체가 우주인 거지!

그리고 이 세상 곳곳엔

수많은 우리,

수많은 작은 우주가 살고 있는 거야.

어쩌면 우리가 알고 있는 어두컴컴하고 광활한 우주도

누군가의 몸속일지도 몰라.

우리가 우주라니,

페트리가 우주라니,

우리는 정말 소중한 존재 같아!

*

펭귄

느린 나에게 왜 빨리 행동하라고 하는지 모르겠어.

– 꿈속에서 펭귄이 된 페트리의 잠꼬대 –

*

모래시계

멀게만 느껴지던 날이

어느새 코앞으로 다가온 것 같은 느낌,

느껴 본 적 있니?

페트리는 그럴 때마다

모래시계가 떠올라.

모래시계를 처음 뒤집었을 때

언제 모래들이 다 밑으로 내려갈지 멀게만 느껴지다가

어느 순간 보면 모두 빨려 내려가 있잖아.

멀게만 느껴지던 졸업,

멀게만 느껴지던 어른,

멀게만 느껴지던 오늘.

어느새 가까이 다가와 있거나 이미 지나쳐 버렸지.

가끔 인생은 사물과 굉장히 닮아 보여.

페트리는 이번에 모래시계 한 바퀴를 뒤집었어.

멀게만 느껴지던 날이 금세 다가와 지나갔거든.

도리들의 모래시계는 어디쯤 와 있니?

*

블루데이

페트리는 가끔씩 울적할 때가 있어.

혼자라고 느껴질 때 말이야.

페트리도 알아.

페트리는 남들과 어울리기 쉽지 않다는 거.

페트리는 주변의 것들을 관찰하고 탐색하느라

온종일 생각만 하기에도 시간이 모자랄 때가 많아.

샤워하면서 코끼리를 만나고,

벽에 걸린 지도를 거꾸로 쳐다보고,

책상에 앉아 투명한 구슬을 바라보며 세계 여행을 떠나고,

창문 너머 밤하늘의 별을 통해 우주 존재의 의미를

끊임없이 생각하고

…

이 모든 것들이 페트리에겐 너무나 즐거운 일이지만,

어느새 주위를 돌아보면

아무도 없고 혼자가 되어 있더라.

'…나에게 문제가 있는 걸까?'

많이 생각한 질문이야.

한참 이 울적함이 깊어질 때

누군가 나에게 다가와 이렇게 말해 줬어.

"페트리, 네 잘못이 아니야.

넌 너만의 장점이 많은 친구야.

생각이 깊고 예술적인 면모가 있어.

…

앞으로도 외로울 수 있지만

쭉 너만의 것을 밀고 나아가.

그러면 언젠가

너만의 꽃이 활짝 펼쳐져 있을 거야."

고마워 페트리.

*

최고의 친구

페트리의 이 세상 최고의 친구 페티를 소개할게.

페트리처럼 호기심이 많은 페티는
어느덧 꽤 오랜 세월을 페트리와 함께하고 있는
우리 집 강아지란다.

페트리가 나이를 좀 더 먹으면 생길 흰 털을
페티는 태어날 때부터 갖고 있다는 게
우리의 가장 큰 차이점이지.

페트리가 페티를 이 세상 최고의 친구라고 소개한 건
페티와 나는 세상에서 제일 말이 잘 통하기 때문이야.

강아지들은 말을 못 하는데 어떻게 된 거냐고?

페티는 나를 항상 진심으로 대해 줘.

나에게 거짓말하지 않고,

무슨 일이 있어도 날 배신하지 않아.

내게 기쁜 일이 생기거나 슬픈 일이 생겨도,

내가 좋은 일을 하거나 잘못한 일이 있어도,

페티는 항상 내 옆에 있어 주는 든든한 존재야.

내가 조금의 사랑만 줘도, 페티는 무한한 사랑을 나에게 줘.

나보다 사랑의 가치를 더 잘 알고 있는 아이야.

특히 기분이 좋지 않을 때면 아무런 말도 하지 않았는데도
어디선가 페티가 다가와 나를 위로해 줘.

굵은 발톱으로 내 머리를 퍽퍽 긁어 주는데
솔직히 조금 아파.

페티의 위로해 주는 방식이 조금 서툴지만,
페트리는 그 순간이 너무 행복해.

말하지 않아도 날 위로해 주는 페티를 보면

페티에게 마음을 읽을 수 있는 능력이 있다는 생각이 들어.

내 주변 사람들, 오랜 친구들, 사랑하는 가족들조차

내 마음을 모르고 오히려 오해할 때가 있거든.

페트리 생각엔

이 세상 최고의 친구가 꼭 사람일 필요는 없는 것 같아.

페트리에게는 우리 집 강아지 페티가,

페트리 엄마에게는 우리 집 푸른 화분들,

페트리 아빠에게는 항상 어디든 데리고 다니는 자동차.

이 모든 것들이

자기만의 최고의 친구가 되어 줄 수 있다고 생각해.

도리들의 최고의 친구는 무엇이니?

*

시간

⟨Spain, 2016⟩

삶의 시작과 끝은 서로 다르지만,

우리는 모두 같은 시간을 공유하고 있지.

지금을 함께 살아가는 모든 것들에

항상 감사하고 소중하다는 걸 잊지 말아야겠어!

*

숫자

페트리는 숫자마다 고유한 색깔이 있다고 생각해.

1, 2, 3, 4, 5, 6, 7, 8, 9, 0

숫자 각각의 모양도 다르지만,
페트리 눈엔 숫자 색깔도 제각각 다르게 보여.

1 2 3 4
5 6 7
8 9
0

이 그림은 페트리 눈에 보이는 숫자들의 고유한 색깔이야.

1은 검은색,

2는 빨간색,

3은 남색,

4는 연두색,

5는 하늘색,

6은 분홍색,

7은 파란색,

8은 노란색,

9는 주황색,

0은 하얀색.

우리는 살면서 수많은 숫자를 보며 살아가잖아.

시간, 거리, 날짜, 온도, 나이, 키, 몸무게, 크기, 너비, 높이,

가격, 환율, 주식, 월급, 비밀번호, 전화번호, 자동차 번호,

좌석번호, 시간표, 대기 순서, 평점, 조회수, 점수, 등급…

그때마다 페트리는

페트리가 생각하는 숫자들의 고유한 색깔로

숫자를 구별해 내곤 해.

의식하지 않아도 숫자를 볼 때마다

페트리 눈에만 보이는 고유한 색깔들로

숫자가 연상되거든.

그래서 그런지

의미 없이 보며 지나치고,

가끔은 지루하고 재미없는 숫자들이

페트리에겐 꿈틀대며 살아 움직이는 것처럼 느껴져.

페트리 눈에는 숫자들이 알록달록해 보여서 그런가 봐!

*

네모

Q. 네모 안을 색칠하시오.

도리들은 이 네모 안을 색칠한다고 하면 어떻게 할 거니?

예전의 페트리라면

한 가지 색깔로 네모 안을 빈틈없이 칠했을 거야.

그런데 지금의 페트리는

이 네모 안을 꼭 한 가지 색깔로만 가득 채울 필요가 없다는

생각이 들어.

여러 가지 색깔을 사용해도 좋고,

채우고 싶은 부분만 채워도 좋고,

색칠하면서 조금은 얼룩이 지기도 하고,

울긋불긋 선을 빠져나오며 그려도 좋다고 말이야.

페트리는 그동안

항상 모든 것이 바르고 정확해야 한다고 생각해 왔어.

선을 그을 땐 자를 대고 그어야 하고,

원을 그릴 땐 조금이라도 원이 찌그러지지 않게 그려야 했어.

도형 안을 색칠할 땐 도형 밖으로 색이 빠져나오면

처음부터 다시 칠해야 했지.

그런데 말이야,

이제는 오히려 얼룩이 지고 삐뚤빼뚤한 그림들이

더 '그림' 같다는 생각이 들어.

얼룩이 져도 괜찮아.

울긋불긋 그려도 괜찮아.

처음 생각했던 모습과 달라져도 좋아.

그것 자체로 빛나게 될 테니까.

이제 그 그림은

세상에서 하나밖에 없는 그림이 될 거거든.

*

페트리 무지개

페트리가 좋아하는 색깔들로 무지개를 그려 보았어.

앞으로도 페트리만의 색채로

페트리의 미래가 잘 짙어져 갔으면 좋겠어.

*

페트리 마법

페트리는 살면서 알게 된 마법이 있어.

사실 이건 페트리만 알고 싶던 비밀이기도 해.

페트리는 우리 집 강아지 페티에게 하루에도 수십 번씩

"예쁘다",

"귀엽다",

"사랑해"

라는 말들을 끊임없이 해 줘.

그런데 말이야,

어느 날부터 페트리의 삶이 안정되고 행복해지는 거 있지?

페트리의 말버릇이 바뀌면서부터 말이야.

예쁜 말을 골라 사랑하는 존재에게 말을 걸면서부터 말이지.

물론 가끔 스트레스도 받고 힘든 날도 있지만

부쩍 행복한 시간이 더 많아졌어.

페트리는 말에 힘이 있다고 믿어.

스스로가 좋은 에너지를 내뿜으면

그 주변도 좋은 일들로 가득해진다고 말이야.

도리들도 사랑하는 존재에게

진심을 담아 예쁜 말로 표현해 봐.

삶이 더 예뻐지는 마법이 펼쳐질 거야!

*

Connecting the dots

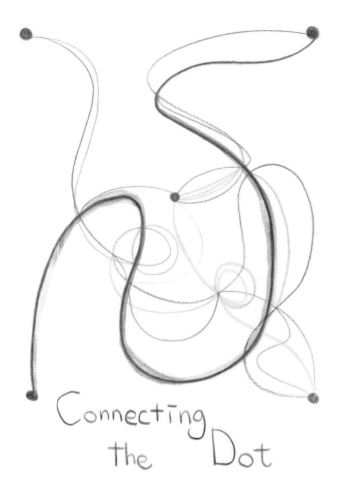

Connecting the Dot

모든 것은 연결되어 있어.

내가 해 왔던 경험들이

언제, 어디서, 어떻게 도움이 될지 몰라.

그러니 '지금'에 집중하면서 살다 보면,

내 미래의 그림이 제법 그럴 듯하게 그려져 있을 거야.

*

에필로그

지금까지 페트리의 생각을 들어줘서 고마워.

페트리의 생각이 새로울 수도 있고,
공감될 수도 있고, 이해가 안 될 수도 있어.

하지만 다 좋아!
페트리를 통해 도리들의 다양한 생각과 감정을
불러일으켰다면 말이야.

익숙한 것들을 다른 관점에서 바라보고,
주변의 작은 것들에 집중해 볼 수 있는 시간이었으면 좋겠어.

『오, 페트리』가 도리들의 일상을 보다 더 다양하고 풍요롭게
만드는 기회가 되었길 바랄게.

            - 도리들에게 무한한 사랑을 담아, 페트리가 -

오, 페트리!

O, Petry!

ⓒ 이서희, 2021

초판 1쇄 발행 2021년 11월 17일

지은이   이서희
펴낸이   이기봉
편집   좋은땅 편집팀
펴낸곳   도서출판 좋은땅
주소   서울특별시 마포구 양화로12길 26 지월드빌딩 (서교동 395-7)
전화   02)374-8616~7
팩스   02)374-8614
이메일   gworldbook@naver.com
홈페이지   www.g-world.co.kr

ISBN   979-11-388-0391-5 (03810)